牧笛诗词

聂丹／著

人民东方出版传媒
People's Oriental Publishing & Media

东方出版社
The Oriental Press

图书在版编目（CIP）数据

牧笛诗词 / 聂丹 著 . —北京：东方出版社，2022.11
ISBN 978-7-5207-3016-7

Ⅰ . ①牧… Ⅱ . ①聂… Ⅲ . ①诗词 – 作品集 – 中国 – 当代 Ⅳ . ① I227

中国版本图书馆 CIP 数据核字（2022）第 191735 号

牧笛诗词

（MUDI SHICI）

作　　者：聂　丹
责任编辑：杜丽星
出　　版：东方出版社
发　　行：人民东方出版传媒有限公司
地　　址：北京市东城区朝阳门内大街 166 号
邮　　编：100010
印　　刷：北京文昌阁彩色印刷有限责任公司
版　　次：2022 年 11 月第 1 版
印　　次：2022 年 11 月北京第 1 次印刷
开　　本：880 毫米 × 1230 毫米　1/32
印　　张：7.75
字　　数：110 千字
书　　号：ISBN 978-7-5207-3016-7
定　　价：38.00 元
发行电话：（010）85924663　85924644　85924641

写在前面的话

这是我第一次出版诗集。我为它的出版着实纠结了一番。

我是做语言学研究的，虽然骨子里亲近文学，但只是文学爱好者，满足于远远地向着文学的殿堂膜拜，却从未想过迈入其中。

2014年暑假，一个偶然的机缘，我陪着小学刚毕业的儿子参加了为期五天的"西周私塾"。我们每日身着汉服，吟诗、习武、品茶、听戏，像模像样地体验了一回文人雅士的生活。自此母子二人心中竟种下诗意的种子，生活仿佛打开一扇明亮的窗，阳光照得万物都灵动起来，引得那诗意的种子生机勃发，恣情伸展。

儿子上中学的三年，是我们母子吟诗作赋、最富诗意的三年。月缺月圆、四季变换都会触发我俩的诗兴。我们时时观察，处处留心，你唱我和，乐此不疲，彼此都写了不少记录日常生活的小诗，后来儿子的诗词还结集出版。

2017年以后，儿子上了高中，学习日渐紧张，我也陷入繁重的行政工作中，二人都没了写诗的时间和心境，诗作大为减少。偶尔在子夜时分，拂去一天的凌乱，望着窗外万家寂静，灵光会在不经意间闪现。这时，我便有如与久违的老友谋面，欲言又忘言，只胡乱留下几行不知所云的文字，次日再看恍如隔世。"人们把诗掷向远方／路有多长／诗行有多长／在城市的缝隙里／我拿长夜铺路／停放踉跄的诗行（2018年7月21日《夏夜》）"，我的这几句

"涂鸦"或可描摹近几年写诗的状态。

　　本来我从未打算出版个人诗集。最初是陪孩子作诗，写着写着成了自己心灵的吟咏，时而古体诗，时而现代诗，完全随心所好。这些忙碌之余见缝插针写的文字，与其称为诗，不如称为岁月的题记、即兴的哼唱，浅吟时光，不事雕琢。一些小诗发在微信朋友圈后，得到朋友们关注，于是陆续有人撺掇我出版诗集。起初我还犹豫，心想自己近些年忙于行政疏于学术，不钻研语言学却出版诗集，颇有不务正业之嫌。但是禁不住朋友再三鼓励，最后还是决定献丑了，权且当作一段岁月留声吧。既是留声，就应忠于原貌。为此，这本集子将2014年以来创作的古诗词按时间顺序收录，未加筛选分类，亦未作修改润饰，以如实呈现似水流年的点滴印迹。

　　值此出版之际，最想感谢的是远在耶鲁大学读大二的儿子。我陪他长大的过程，也是他助我成长的过程，我教给他的远没有他教给我的多。经常怀念我们朝夕相处的诗意时光，如今我早已追赶不上他的步伐，但他仍然不断帮我打开一扇扇小窗，让我透过这些窗，能够追随他的背影，认识新鲜的世界，看到无限的可能。感谢我的家人，他们对我任何不食人间烟火的喜好都悦纳纵容，让我心安理得沉浸在无边的遐想中，从来不忍心打扰我。感谢几位诗友同道，吟咏酬唱的每一个瞬间都美好难忘。感谢北京语言大学"中青年学术骨干支持计划"的项目资助，感谢东方出版社编辑的辛勤工作，让一段平凡岁月化作清浅笛声，在有缘人的耳畔得以片刻驻足。

牧　笛

2021年深秋于北京宏汇园

目 录

午后怀西周先生

（2014 年 8 月 27 日）

自安陵回京，虽俗务不断，仍心系西周，梦中常与雪、媛二位先生谈诗论道。午后草就小诗，以寄别思。

安陵辞五日，三度梦西周。

雪赋斜阳和，媛修晓月留。

诗心承万代，禅道解千秋。

青鸟知吾意，殷勤探不休。

北海鸳鸯

（2014 年 9 月 4 日）

薄雾起秋塘，

鸳鸯话夕阳。

谁谙孤柳意？

叠影月中藏。

不惑秋风抒怀（二首）

（2014 年 9 月 23 日）

人生第 40 个秋分，雨丝低诉，思绪漫舞。

其一

秋雨千声慢，

幽荷一岁终。

冰心藏玉藕，

独立往来风。

其二

半世浮云弹指烟，

秋分无惑且听泉。

何妨卧枕潇湘雨，

残月当窗入梦圆。

听巫娜《幽玄》有感

（2014 年 9 月 30 日）

寒月锁清幽，

禅音拂水流。

萧萧零落叶，

一语入深秋。

重阳即兴

（2014 年 10 月 1 日）

重阳京城细雨连绵，小儿即兴赋诗："半山碧叶迟迟落，欲见重阳簇簇花。香菊篱边凭雨问，明朝霜至客谁家？"步其韵和诗一首。

佳期弦断霏霏雨，

寒透重阳满树花。

白菊迎风悲雁影，

乡书万里寄谁家？

登延庆松山有感

（2014 年 10 月 3 日）

延庆三更雨，松山一夜秋。

万崖凝翠立，千瀑汇泉流。

白桦黄裙展，丹枫锦袖收。

氤氲云恋影，斜照去还留。

甲午寒露咏月全食

（2014 年 10 月 8 日）

农历九月十五，寒露，月全食。以为霾重无月，睡前探头窗外，惊见一轮满月如梦如幻，尽洒清辉。心有所感，诗以记之。

斜柳疏桐白露寒，

卧听啼鸟紫衾单。

无眠最是多情月，

慢卷云帘捧玉盘。

伤秋·听巫娜古琴禅音有感

（2014 年 10 月 15 日）

松风几树秋，

云水玉弦流。

千古寒蝉调，

孤吟到白头。

来园晚秋

（2014 年 10 月 30 日）

来园，北京语言大学标志性景观。步行其中，但见
山石堆叠，林径幽深，更有"龙虎曲水"仿潭柘寺"曲
水流觞图"而设，九曲萦回，涓流不绝，颇具古风雅韵。

雨疏残叶路，

处处浅深黄。

却喜翩跹鹊，

清流逐羽觞。

人民大学暮秋晚景

（2014 年 11 月 1 日）

　　秋晚，陪小儿在人民大学操场玩耍，看银杏叶在夕阳下飞舞，感念岁月静好。

举目飘零叶，

临风自在童。

杏黄留晚照，

明岁化春红。

秋　思

（2014 年 11 月 2 日）

莲销深巷雨，

梧落故园风。

秋恨无南北，

何堪夕照中！

咏银杏王

（2014 年 11 月 3 日）

一树沧桑叶，

金衣御晚风。

谁言银杏老？

绝胜万山红。

咏怀胡杨

（2014 年 11 月 5 日）

看遍千花万树，最爱新疆沙漠胡杨。2006 年秋第一眼看到绚烂胡杨便被征服。2007 年夏二度看胡杨，被它枯裂老干再发新翠震撼。"生而不死一千年，死而不倒一千年，倒而不朽一千年"，在荒寂大漠傲世三千载，每次想起都感叹不已。诗以咏之。

火舞胡杨染碧天，

荒丘野漠自暄妍。

新枝老干千秋阅，

笑傲风沙再万年！

河南行（绝句四首）

（2014 年 11 月 10 日）

其一　游汴京龙亭恰逢菊花节

龙亭汴水前，

千菊竞芳妍。

九代繁华地，

新香入旧年。

其二　清明上河园夜观《大宋·东京梦华》

华彩清明卷，

云祥雨露丰。

风骚祈万代，

遗梦宋词中。

其三　过济渎庙

迢迢济水边，

求道溯清泉。

几度朝更替，

神碑诉旧缘。

其四　游云台山红石峡

太行多匠才，

神斧筑云台。

碧水丹崖过，

歌声万仞来。

牧　笛

（2014 年 11 月 25 日）

自即日起，以"牧笛"为微信名，诗以记之。

牧笛催边雁，

羊归月出山。

愿骑原上马，

腾跃草云间。

感　时

（2014 年 11 月 30 日）

雪封烟锁两栖身，

竹翠鹃红一处春。

叠影荷塘寒暑会，

秋风有意水无因。

长相思

（2014 年 12 月 1 日）

映山云，

竹篁裙，

仙径绵绵细雨闻。

离歌绕梦魂。

晚风薰，

细水醇，

淡逸诗心自远尘。

月明寄与君。

如梦令

（2014 年 12 月 2 日）

一夜霜飞风作，

梦里故园深锁。

枕冷意难眠，

帘外叶销星堕。

魂破，

魂破，

更忆映山云朵。

北风起

（2014 年 12 月 2 日）

秋幕落，北风过，万物静默。昨夜倦怠难眠，诗句以遣萧索。

肃肃寒风叶绝踪，

小窗独立鬓云慵。

何当对影邀明月？

水墨丹青次第逢。

冬夜思春

（2014 年 12 月 6 日）

风住尘凝栖朗月，

烟歌霞舞映丹晖。

莫言春色辜君意，

霜梦绵绵几度归。

冬 月

（2014 年 12 月 7 日）

明月不知寒，

凌冬献玉盘。

柔波轻顾盼，

便引世人观。

家中读诗

（2014 年 12 月 9 日）

浓雾锁愁阳，

枯枝倚瘦墙。

昏昏何处去？

诗卷暖寒床。

一剪梅

（2014 年 12 月 13 日）

客厅外墙有一洞孔，应是空调挂机处。每天有麻雀出入，叩击墙壁，天寒尤甚，心有戚戚焉。

月枕星床灯渐消。

老树昏摇，

寒雀哀敲。

小窗独坐怅难浇。

素裹罗袍，

望断云梢。

身在凡尘意远飘。

半壁残桥，

梅暗香遥。

莫嫌长夜劲风萧。

一盏茶烧，

万种愁抛。

冬夜无题

（2014 年 12 月 17 日）

落花无意冷枝头，

晓月传情映小楼。

脉脉清音谁与共？

素笺一纸洗铅愁。

书　趣

（2014 年 12 月 18 日）

流水行云无碍处，

兼施浓淡写丹青。

风尘碌碌如烟散，

翰墨生香绕满庭。

冬日无题

（2014 年 12 月 18 日）

雾霾，黄昏，候车途中。望寒鸦绕树，枝杈枯黑，百无聊赖，记之。

长巾裹面不禁寒，

天地昏昏百草残。

鸦雀绕飞何所觅？

新芽待发与春看。

冬日独步

（2014 年 12 月 19 日）

冬日晴方好，徐行暮鼓迟。

寒鸦嬉碧水，鸣鹊抱头枝。

尘去书香起，心归话语痴。

飘飘人独立，形影自相知。

冬　晴

（2014 年 12 月 20 日）

日近西山远，

云归万里途。

忽闻秋喜鹊，

小疾九分无。

送友人

（2014 年 12 月 21 日）

　　每次与同学相聚，都恍若与青春的邂逅。匆匆见了又别，一如匆匆逝去的青葱岁月。

明月两相望，清辉似水凉。

暖窗灯闪闪，寒路影幢幢。

酒薄良辰短，茶浓诗句长。

多情谁不老，千古共柔肠。

咏　月

（2014 年 12 月 21 日）

帘外盈盈月，

夜长无歇期。

不辞迢递路，

几度暑寒时。

星　月

（2014 年 12 月 22 日）

凄清莫过广寒宫，

星月相知意不穷。

流水高山长应和，

诗心闲放四时通。

甲午冬至夜抒怀

（2014 年 12 月 22 日）

甲午风醺冬至来，

斜阳奄奄卧云台。

夜长抱影灯前坐，

明岁星移花自开。

冬夜书怀

（2014 年 12 月 24 日）

人间百载总关情，

漠漠天宫万古清。

又是平安箫鼓夜，

瑶台内外共通明。

诗书遣怀

（2014 年 12 月 24 日）

最爱诗书水墨香，

朝朝暮暮浸韶光。

欲抛百事云天外，

明月清风沁暖肠。

自况诗（次韵三首）

（2014 年 12 月 24 日）

其一

梅开几度本无奇，

不惑秋颜绽雅姿。

白雪阳春随性至，

亦真亦幻此心知。

其二

丹梅映雪自清奇，

更况和风度婉姿。

古韵幽香常入梦，

新愁老病醉无知。

其三

心若平常骨自奇，

风尘漠漠掩清姿。

不求曙月常相伴，

素影幽香草木知。

咏 月

（2014 年 12 月 25 日）

月满苍穹卓不群，
柔波轻漾和闲云。
晴霾冷暖皆无谓，
夜夜清心托与君。

自况诗（又一首）

（2014 年 12 月 26 日）

寄身尘海意阑珊，
满目春池秋叶丹。
碌碌浮生何足怨？
滔滔江上一微澜。

鸳 鸯

（2014 年 12 月 27 日）

鸳鸯叠影照清池，

无语幽怀各远思。

双宿双飞诚可羡，

几人相伴复相知？

春 思

（2014 年 12 月 30 日）

瘦枝擎雪亦含春，

露打霜桥自绝尘。

云水携烟常入梦，

轻舟只渡有缘人。

无 题

（2014 年 12 月 31 日）

春来燕舞百花衫，
转瞬飘零星月缄。
望断海天无尽路，
劳劳万里不归帆。

贺新年

（2015 年 1 月 1 日）

晚饭后三人即兴诌诗，接续成句，合成五绝，权作贺岁诗。

增岁莫增愁，
轻装一叶舟。
晨星移晓月，
路转水长流。

明月思（二首）

（2015 年 1 月 3 日）

其一

明月山间隐，

云低倩影留。

虽无晨夕和，

凉暖系心头。

其二

倩影时时在，

何须对镜台？

晴岚知晓意，

乘月梦中来。

神游图

（2015 年 1 月 4 日）

融融暖日映心湖，魂醉诗行梦雪都。

万树梨花传素照，千枝梅蕊赠芳图。

琴音抚耳清香有，寒雀寻巢瘦影无。

笔底神游难辨路，由他浓淡与荣枯。

无　题

（2015 年 1 月 4 日）

明月盈盈照素心，

诗书往复几行深？

重云难掩浮香影，

千里相鸣瑟与琴。

致孟乔

（2015 年 1 月 8 日）

应好友之邀，寄语其爱女孟乔十八岁成人礼。

新蕊初开无限娇，
芳园锦绣一池遥。
寒窗十载迎春孟，
他日丹霄骋小乔。

咏寒窗苦读

（2015 年 1 月 8 日）

晓日披霞半掩东，
风轻树静鹊巢中。
小窗昨夜移灯影，
衾被才温枕又空。

病中杂诗（三首）

（2015 年 1 月 10 日）

其一

星疏月上迟，

灯下几更时？

阵阵寒腰痛，

声声漱玉词。

其二

愁病夜来巡，

昏昏辗转身。

床前星碎影，

遥想卷帘人。

其三

晴午鹊声扬，

扶墙对镜妆。

依稀腰痛减，

句句有余香。

病中答问

（2015年1月10日）

友人读罢《病中杂诗》（三首）留言："漱玉权当药，花间且听松。寒星不敢问，可去望郎中？"遂以小诗作答。

寻常老病时时访，

除痛莫如诵古风。

漱玉花间皆所爱，

感君星语胜郎中。

望洋思乡

（2015年2月4日）

住洛杉矶海边，早起看潮。回程小儿作诗："迷海白绸长，孤帆万里航。沙鸥难辨路，瞳日落西洋。"步韵和之。

衣短夜绵长，

心栖足远航。

分明庭上月，

相望太平洋。

题松鹤迎春图

（2015 年 2 月 10 日）

鹤览千秋色，

松生万里云。

白头心不老，

春去远犹闻。

乙未岁除偶得

（2015 年 2 月 18 日）

岁除之日，风和景明。前日在纽约风雪扑朔，且拥挤压抑，而京城春意盎然，又开阔疏朗，更觉家好、国好。

域外风霜烈，燕京气象和。

他乡离廿日，冻水漾千波。

年末归心切，天涯游子多。

月明同守岁，齐放贺春歌。

乙未元日

（2015年2月19日）

乙未新阳唤旧眠，

屠苏一盏敬华年。

祥云朵朵春来早，

万户千家寄彩笺。

鹧鸪天·乙未元月初二惜雪

（2015 年 2 月 20 日）

飞雪迎春高矮墙，

京都内外雾封阳。

银妆杨柳盈盈舞，

玉点眉梢细细凉。

冬已尽，月无霜，

小园才白又枯黄。

但求一夜寒风起，

换得琼花半日长。

蝶恋花·乙未元月初四过官厅水库

（2015 年 2 月 22 日）

沙舞风狂车代步。

雾锁官厅，荒草无重数。

乱鬓迎空桥畔驻，

浮冰削断平湖路。

山色苍茫伤日暮。

掩面残阳，寂寞归何处？

碧水清吟依冷树，

春来又绿芳心度。

咏　雪

（2015 年 2 月 28 日）

一冬无雪，春节过后接连两场春雪。欣然记之。

无碍春花二度开，

枝肥草壮醉尘埃。

昏鸦不辨身何处，

黑影依稀白首来。

点绛唇·诗心春度

（2015 年 3 月 1 日）

日隐冰消，

枯枝断桠无穷路。

望穿迷雾，

思绪归何处？

卧赋清词，

常把时光误。

冬将暮，

绿红初露，

又向诗心度。

乙未元夕

（2015年3月5日）

蔽日晨霾化远山，

悄怜今夕月愁颜。

东风识趣云翻转，

轻挽婵娟照宇寰。

水墨初春

（2015年3月8日）

连日霭蒙蒙，氤氲水墨中。

半山妆冷面，苍鸟隐迷丛。

路上稀疏客，枝头隐约红。

黄梅春报早，摇曳度尘风。

月坛寻春

（2015 年 3 月 15 日）

春烟隐隐月坛西，小径初喧映日低。

云挽苍松犹肃立，风邀喜鹊自欢啼。

黄花连袂青枝掩，紫袖含苞玉树栖。

零落腊梅香未去，应怜童子戏芳泥。

踏歌行

（2015 年 3 月 17 日）

蒙蒙雾霭远山萦，

浅草娇花几许程。

一室闲愁挥不去，

何妨陌上踏歌行？

北语早春

（2015 年 3 月 19 日）

春风不负林梢意，

细叶新裁欲语羞。

漫舞旌旗争顾盼，

谁邀桃李满枝头？

无　题

（2015 年 3 月 19 日）

春日昏昏送旧苔，

长风一曲卷尘埃。

重霾难掩池边柳，

细叶随君款款来。

咏北语白玉兰

（2015 年 3 月 20 日）

玉兰初绽已缤纷，

雪面冰肌映粉裙。

占尽春光浓淡色，

年年树下独思君。

春 夕

（2015 年 3 月 22 日）

小儿晨起作五律《春晓》："天高红日斜，新雀入千家。水映青丝柳，蜂围粉面花。初芽惊宿雨，凫雁沐晨霞。莫待春光尽，俯身拾落华。"将晚，余步韵其诗吟成五律。

通幽小径斜，藤蔓绕人家。

影落高低树，香飘浓淡花。

老枝归沃土，新燕带丹霞。

恍恍离尘境，飞觞饮月华。

咏庭前二乔玉兰

（2015 年 3 月 22 日）

春风潜入夜，轻唤二乔妆。
白玉枝头缀，朱砂萼底藏。
雨疏犹色润，霾重自芬芳。
落落庭前立，由人话短长。

初 夏

（2015 年 4 月 25 日）

春寒才去暑分明，
落尽丹花速可惊。
桃叶不知荣谢事，
暗香弗远为谁生？

雨中行

（2015年5月1日）

　　五一节驶往市郊，途经八达岭遇雨，更觉春山叠翠，花香宜人。

车载千山雨，

花飘一路香。

痴情云不改，

苍野换新妆。

春　曲

（2015年5月1日）

常记修篁细雨丛，

清音宛转映山红。

怎堪岁岁吟春曲，

飞断烟波万里风。

雨晴次韵组诗（四首）

（2015 年 5 月 10—12 日）

其一　周末寒雨

（2015 年 5 月 10 日）

　　细雨连绵一天，气温骤降，如秋寒到来，有"秋风秋雨愁煞人"的味道。

夏立秋寒至，

情长雨亦绵。

形劳心不老，

灯下细听泉。

其二　雨后初晴

（2015 年 5 月 11 日）

雨霁云霞绽，

天高似水绵。

问君曾记否，

幽径上清泉？

其三　夜空如洗

（2015 年 5 月 11 日）

天净心无碍，

星痴逐月绵。

悠云知我意，

清浅落飞泉。

其四　晨境

（2015 年 5 月 12 日）

昨夜空灵境，

今朝逝水绵。

青山形未改，

留影不枯泉。

云 图

（2015 年 5 月 12 日）

　　上班途中，但见天高云灿，气象万千，大有"云深不知处"的况味。

　　　　水墨千秋卷，

　　　　云霞万象图。

　　　　青山浓淡影，

　　　　新翠满皇都。

暑 热

（2015 年 5 月 26 日）

　　　　香蒸五月林，

　　　　枝奏幼蝉音。

　　　　烦暑何须解？

　　　　清心去汗涔。

夏 池

（2015 年 5 月 27 日）

步韵友人诗《春池》："一池春水皱，西岸芦风轻。
月影随舟荡，席草辨夜声。"

风熏碧水盈，
舟载苇花轻。
桨拨池中月，
摇摇碎影声。

无 题

（2015 年 5 月 29 日）

午后天清云淡，暂抛案头工作，纵容诗兴纷飞。

浮云任去留，
千里送清愁。
诗兴何曾远？
翩跹逸案头。

闲　时

（2015 年 5 月 30 日）

云散鸟声留，

清风不解愁。

闲时常恨少，

瘦叶暗枝头。

芦苇荡

（2015 年 5 月 30 日）

感友人《农家乐》之诗趣，步韵和之。

芦苇池中荡，

斜阳万道红。

风嬉晨暮影，

顽叟亦萌童。

乙未贺寿

（2015 年 6 月 1 日）

李桃枝叶茂，师望莫能追。

宇内才情度，明前兰风持。

六旬尤耳顺，一世本心慈。

开泰逍遥步，怀仁幼叟嬉。

晨夜苦读

（2015 年 6 月 2 日）

步韵友人《沪上晨兴小吟》："酒作诗料饮，茶因故客烹。夜米梅子雨，山寺晓钟轻。"又记，昨夜赶"一带一路"协同创新申报材料到凌晨三点，今晨继续在"一带一路"云步轻摇。

长夜披宗卷，

孤灯晓月烹。

朝云迎碎步，

头重曙风轻。

细雨临窗

（2015 年 6 月 4 日）

愁云泪洒襟，

林密鸟踪深。

细雨窗前过，

丝丝扣我心。

思 归

（2015 年 6 月 4 日）

鸣禽觅旧枝，

云重眼迷离。

雨打心头过，

思归寸秒迟。

夜忆西子湖

（2015 年 6 月 10 日）

湖畔千丝柳，

并肩擎雨荷。

西溪摇曳影，

深苇漾柔波。

乙未端午小吟

（2015 年 6 月 20 日）

适遇多情夏，云霞次第开。

端阳呼夜雨，初月唤青苔。

舟远心神去，粽香词赋来。

闲吟明媚事，孰寄汨罗哀？

父亲节致老父

（2015 年 6 月 21 日）

犹记膝前膝后追，

而今相对语迟迟。

童孙却把天伦续，

父爱绵延始为谁？

致屈大夫

（2015 年 6 月 21 日）

步韵友人诗："小园带露艾蒿香，绿叶婆娑草芬芳。
寄意汨罗水清浅，人间一岁又端阳。"

天朗云清溢粽香，

彩丝环臂韵流芳。

离骚一曲传千古，

屈子拈须醉落阳。

艾 香

（2015 年 6 月 21 日）

步韵友人诗："岁岁端阳苦艾香，家家粽子就雄黄。离骚山鬼魂仍在，惟愿万民乐安康。"

青青蒲叶满城香，
角粽金梅艾酒黄。
不效楚乡舟鼓吊，
但求千户万家康。

四时歌

（2015 年 6 月 21 日）

春立烟篁绿映红，
夏栖月色藕花中。
秋吟满目缤纷叶，
冬拾黄梅待雪融。

赠 2015 届毕业生（五首）

（2015 年 6 月 27 日）

其一　致艾敏

青艾暗香滋，

芳苞欲绽时。

言迟心手敏，

动静总相宜。

其二　致宿红

娴静似熏风，

清心净朗空。

新枝依宿鸟，

只待映山红。

其三　致徐阳

初阳清且丽，

弦动舞徐徐。

异域明朝路，

鸟飞天地舒。

其四　致晨曦

昨夜雨纷纷，

离愁不可闻。

晨曦终未掩，

行起驾祥云。

其五　致垂枝

风动柳枝垂，

云开彩燕追。

春花藏两靥，

域外亦相随。

听 雨

（2015 年 6 月 26 日）

细雨声声慢，

疏钟点点凉。

灯昏人宛转，

风短柳丝长。

致金樱

（2015 年 7 月 1 日）

六载苍茫路，

垂云不掩红。

金风移障叶，

樱冠众芳丛。

乙未中伏有感

（2015 年 7 月 23 日）

云天穷万象，人事岂能期？

雨骤惊雷滚，风疏落叶知。

骄阳心自冷，夸父志难移。

躬勉无遗力，拳拳说与谁？

夏晚奥森纳凉

（2015 年 7 月 26 日）

暑气林中隐，

轻烟涧底生。

鸣蝉邀冷月，

何不借风行？

咏锡安国家公园

（2015年8月12日）

　　初访美国犹他州五大国家公园之锡安国家公园（Zion National Park）。丹霞地貌大气壮美，红土公路蜿蜒盘旋，大角羊或立或卧于赤岩之上，似祥云留驻。小诗略抒胸臆。

丹霞映日开，

呼将点兵台。

林立旌旗展，

祥云漫卷来。

黄石公园第二日小吟（四首）

（2015 年 8 月 14 日）

其一

五色硝烟起，

清泉峭壁飞。

迷云难辨路，

亲子不思归。

其二

云落平湖影，

烟蒸万里霞。

乡音常入耳，

莫问是谁家。

其三

翡翠人间落，

仙姑悄觅踪。

烟云浮远近，

涧底忽相逢。

其四

紫气林间绕，

云游日影移。

谁人持画笔？

红粉绿黄池。

忆南国

（2015 年 8 月 25 日）

南国梦依稀，诗书几度归。

路幽寻竹远，湖翠荡烟微。

倦鸟天涯尽，游鱼世事非。

相逢何渺渺，鸿雁抱丹晖。

卧听夜雨

（2015 年 9 月 5 日）

前日天晴，蝉（即"秋娘"）鸣甚欢，蜘蛛结网不辍。一夜风雨，其可当乎？

昨夜霏霏细雨斜，

卧听啼柳不眠花。

秋娘残韵应犹在，

碌碌蜘蛛可有家？

云南印象

（2015 年 9 月 21 日）

横断千秋岭，

苍松不老云。

扶摇烟海路，

晴雨半空分。

乙未秋分小吟（藏头诗）

（2015 年 9 月 23 日）

生日适逢出差云南临沧，置身彩云之南，尽享茶韵花香，口占小诗以记之。

云追万里秋分月，

南诏香飘百色花。

临别依依循古道，

沧江茶韵醉仙家。

中秋伤吟

（2015 年 9 月 25 日）

友人诗曰："南来北往太匆匆，岁至中秋雁叫声。浊酒一杯风过耳，乡愁万里雨霖铃。"依此境和之。

飞云去不穷，

鸣雁带秋风。

月顾凄清影，

愁心此夕同。

忆临沧

（2015 年 9 月 25 日）

云海花乡醉，

沧江茶道醺。

感君清雅气，

无意任喧纷。

感　时

（2015 年 9 月 26 日）

和友人诗："山中无岁月，无奈入红尘。断简写秋意，新诗寄琴心。"

花开叶落几回春，

人去踪无不复循。

沧海桑田观岁月，

文心诗意度红尘。

中秋前夜观国乐·非遗

（2015 年 9 月 26 日）

鼓震中秋月，

笙吹似水年。

云间南北调，

从此几人传？

中秋望月

（2015 年 9 月 27 日）

中秋佳节，信步赏月，母子合占藏头小诗，聊以助兴。

中庭升白玉，

秋桂挂银盘。

望尽烟云路，

月明花影观。

秋　雨

（2015 年 9 月 28 日）

梧桐细雨报寒秋，

万里凝云枉自留。

乌鹊不知更替事，

落花深处闹清幽。

秋雨夜行

（2015 年 9 月 30 日）

迷离秋雨路，

流水缓车行。

酒绿灯红处，

饥肠辘辘声。

再游十渡

（2015 年 10 月 1 日）

日映东湖影，

风吹宿雨霾。

汗挥云起处，

重慰少年怀。

野三坡玲珑农家院

（2015 年 10 月 2 日）

　　野三坡地处河北保定涞水县，乃古涿鹿之地，山水雄奇壮美，假日游人不绝。国庆期间几家好友携子同游，爬山涉水后相聚"玲珑"农家院，把酒放歌，其乐融融。

涿鹿野三坡，

雄崖绕碧波。

玲珑杯盏乐，

童子放欢歌。

游野三坡百里峡（二首）

（2015 年 10 月 2 日）

其一

百里清溪峡，

崖开雪瀑花。

山门依次启，

虚谷纳千家。

其二

潭深树影稀，

崖耸雁难飞。

紧慢千回转，

轻歌踏夕归。

离思（四首）

（2015 年 10 月 6 日）

前日旅行途中，惊闻外公仙逝，痛不能言，诗以悼之。

其一

连日昏昏路满尘，

秋桐冷月总伤神。

音容笑貌今何在？

梦里故园寻旧人。

其二

犹记膝前笑语欢，

吟行风雨不知难。

病床廿载雄心在，

转瞬梦销孤夜寒。

其三

离泪暗垂雨打窗，

哀肠遥断牡丹江。

无心案牍凭栏晚，

从此黄泉谁与双？

其四

常叹无闲病榻陪，

今朝驾鹤亦难回。

烟灰一掬空留恨，

何日宴前献寿杯？

南疆行组诗（五首）

（2015 年 10 月 14 日）

其一　俯瞰天山

天山历历倚秋阳，

白发金身纳万方。

玉带环腰随目远，

雪莲何处饮冰霜？

其二　又见胡杨

魂牵八载胡杨路，

古漠欹斜不朽翁。

笑看儿孙争绮艳，

痴心红柳任尘风。

其三　苏巴什故城

独立残垣抚冷丘，

连天古道忆清流。

佛音礼乐今何在？

寂寞斜阳几度秋。

其四　天山神秘大峡谷

刀锋剑戟鬼神工，

万里崖飞谁染红？

绝胜皇都烟柳色，

素心空谷两相融。

其五　千佛洞踏秋

千佛洞幽魂尚在，

莲台断壁拂红尘。

禅心无意寻蹊径，

秋叶飞来美绝伦。

西域行组诗（七首）

（2015 年 10 月 14—15 日）

其一

常念昔时雨露恩，

十年默默报无门。

关山两度西行路，

沧水塔河踏暖痕。

其二

依稀梦里边关路，

古漠寻幽绝远尘。

莫道归来霜两鬓，

临风玉树画中人。

其三

孤阳广漠两相逢，
云卷丹崖几万重。
遥想取经迢递路，
沉沙深谷觅仙踪。

其四

诗心似水向西流，
策马狂歌放自由。
梦里临风南浦立，
白衣一袭弄扁舟。

其五

京城雁过晚来秋，

别梦悠悠不肯休。

塞外吟游清影路，

也无风雨也无愁。

其六

日暮边关掩故城，

胡杨万里展金旌。

萧萧策马扬鞭处，

劲草寒沙寸寸情。

其七

离云不语远山轻，

红柳胡杨暗送迎。

雁引愁心何处去？

窗前明月又西行。

映山红

（2015 年 10 月 16 日）

斜日映山红，

云烟渡水融。

蒹葭摇曳处，

清绝曲无终。

子夜离校有感

（2015 年 10 月 17 日）

缠身百事莫缠心，

云黑蔽天不蔽林。

待到空山秋色满，

晨耕笔砚夜弹琴。

晨往二外地铁中

（2015 年 10 月 17 日）

霾掩山川雾掩楼，

披星戴月几时休？

往来行色匆匆辈，

转眼青丝变白头。

梦回西域

（2015 年 10 月 20 日）

羌音绕耳梦难除，

落日飞沙意自如。

瀚海胡杨牵古月，

引来离客万千书。

乙未重阳小吟

（2015 年 10 月 21 日）

心随明月去，

不计有无成。

秋雨甘霖在，

重阳赤子行。

乙未霜降有感

（2015 年 10 月 24 日）

霜降晚来秋，

案头耕不休。

诗心常作伴，

急水缓行舟。

秋　题

（2015 年 10 月 31 日）

　　案头苦耕不辍，周末亦不得闲。辜负大好秋光，心有愧焉。

连日晴方好，

窗前月又西。

案头愁满卷，

今夕负秋题。

秋　帆

（2015 年 11 月 1 日）

　　北京语言大学申报北京市高精尖创新中心，时间
紧、任务重、挑战大，高精尖申报战队团结一心，日夜
苦战，有如逆水行舟，不畏险阻。有感于此，两位友人
以《秋帆》为题竞相赞颂。一曰"风低千树舞，雨过万
峰出。水涨舟轻快，一帆一画图"；一曰"无风千树静，
霜重色愈浓。一曲秋帆后，听泉赏丹枫"。余亦作同题
诗唱和。

风寒柳折腰，

微雨路迢迢。

逆水千帆上，

沉舟万众摇。

秋雨寒窗遣怀（五首）

（2015 年 11 月 5 日）

其一

雨微天地酥，

池醉晓风扶。

惆怅层林染，

谁人识道途？

其二

愁雨下云霄，

凄风辨路遥。

寒窗寻锦句，

赤叶满园烧。

其三

秋去太匆匆，

寒星继冷风。

人生无暇日，

倚案忆丹枫。

其四

细雨声声叠，

来园叶叶秋。

清风怜玉影，

繁胜本无求。

其五

尘霾万里星河隐，

冷水孤舟响晚琴。

谁道知音无觅处，

青衣雅句识丹心。

暮秋初雪（二首）

（2015 年 11 月 6 日）

其一

昨夜风兼雨，

琼花拂晓开。

飘飘杨柳絮，

携泪万千来。

其二

杨花二度舞长风，

草木飘零道不同。

愿效儿童争野趣，

琼枝百万转头空。

无　题

（2015 年 11 月 12 日）

望君秋水盈，

溪伴鸟幽鸣。

生向丹霞驻，

快舟乘晚晴。

课间小憩望雁栖湖

（2015 年 11 月 13 日）

雁栖京北湖，

人出重霾都。

水墨逍遥画，

舟闲塔影孤。

西江月·望晴

（2015 年 11 月 15 日）

梦里潺潺流水，

耳边簌簌残秋。

黄云能载几多愁？

冷月依稀影瘦。

世上繁华易去，

人间清朗难求。

凭窗无语望幽楼，

明日晨昏依旧。

前尘组诗（四首）

（2015 年 11 月 25 日）

其一

前尘历历挽斜阳，

水远山长各一方。

笑貌依稀年正少，

须臾廿载雪连霜。

其二

魂牵镜泊千层瀑，

脉脉清流涧谷藏。

一别半生人事改，

寒沙冷月两恓惶。

其三

水覆山空谁为伤？

梧桐寂寞几枯黄？

素笺百尺难书尽，

月缺还圆识旧肠。

其四

林壑千重独肃凉，

丹霞万里自彷徉。

别来雁断音书绝，

一笑从今满陌香。

十二月一日雾中行

（2015 年 12 月 1 日）

褐面苍山白首楼，

云中醉步缓行舟。

抬头痴鹊寻无路，

落魄寒鸦怨不休。

别 雨

（2015 年 12 月 5 日）

离雨少年愁，

千山不越舟。

相逢如有日，

朝暮对春秋。

御街行·云中迎新

（2016 年 1 月 1 日）

冬风恰似纤纤草。

力不足、霾难扫。

匆匆蒙面往来人，

迷路重重将倒。

孤阳幕后，

疏星帘外，

听任芳华老。

依稀冷月云中眺。

烛未尽、鸡鸣早。

何时闲卧醒迟迟，

无论阴晴昏晓？

南柯一梦，

沉烟催起，

白发根根恼。

御街行·诗心依旧

（2016 年 1 月 3 日）

飘零草木迢迢路。

不寐影、匆匆步。

无声残月过重霾，

愁对寒窗低诉。

孜孜昼夜，

恓惶来去，

争奈家难顾。

冰霜泪尽冬垂暮。

喜鹊闹、芳菲驻。

何妨推案放春闲，

朝夕随风飞去。

烟云漫卷，

尘埃轻掸，

直向诗心度。

岁寒君子图

（2016 年 1 月 31 日）

寒路草凝霜，

幽兰满室香。

花中君子笑，

辞岁启新章。

立春种牙痛吟

（2016 年 2 月 4 日）

春来风软欲催花，

我亦寻医植齿牙。

良种难融贫瘠土，

痛钻四壁闹新家。

除夕贺新春（藏头藏尾诗）

（2016 年 2 月 7 日）

金樽映月新，

猴启万家春。

爆竹声声贺，

喜临南北亲。

丙申元宵节晨起迎春

（2016 年 2 月 22 日）

又是上元佳节来，

铜壶玉漏送春埃。

木兰杨柳无余事，

暗发新枝竞欲开。

早春腊梅

（2016 年 2 月 27 日）

春来占物华，

霜雪寄天涯。

无尽黄梅意，

香留辞树花。

春寒乍暖

（2016 年 3 月 10 日）

二月春风剪细芽，

凭窗独吊腊梅花。

乾乾终日谁言苦，

一瓣丹心寄晚霞。

校医院候诊闲吟

（2016 年 3 月 11 日）

春寒不掩鼓连声，

灯火阑珊傍月明。

未待鸡鸣扶案起，

晨星照我字间行。

窗外玉兰吐苞（二首）

（2016 年 3 月 13 日）

连日伏案苦耕，抬头发现窗外玉兰竟已吐苞，画意又引诗情。

其一

案头终日笔耕忙，

无意春娘著淡妆。

窗外玉兰初梦醒，

樱唇轻启吐幽香。

其二

昔时郊外访春塘，

杏李梨桃几树妆。

暗许年年花下醉，

岂知渐渐此身忙。

春分病吟

（2016 年 3 月 20 日）

午后昏昏倚病床，

柳芽不似素颜黄。

春分又到徘徊月，

几树芳菲几段香。

纪念高精尖答辩胜利日

（2016 年 3 月 22 日）

暮鼓连声接晓空，

战袍不解为今功。

春风最是多情物，

迎面桃花色正红。

咏玉兰

（2016 年 3 月 28 日）

草木尚嫌春冷，

玉人独立云霄。

二月风光占尽，

前程不问荣凋。

清明祭外公

（2016 年 4 月 4 日）

去年儿女伺床前，

转眼新丘独枕眠。

暗嘱春花归去路，

随风瓣瓣慰黄泉。

奥森赏花

（2016 年 4 月 10 日）

奥森公园花种繁多，继 3 月玉兰（古又称辛夷）首秀之后，桃花、樱花、丁香等竞相开放、此起彼伏。4 月上旬正值海棠盛开，观者甚众。看一路花谢花开，心有所感，小诗为记。

桃红樱粉紫丁香，

迟暮辛夷让海棠。

莫待荼蘼花事了，

残妆空对叹余芳。

再访花溪睡海棠

（2016 年 4 月 10 日）

月下花溪访海棠，

万千睡态旧时妆。

芳姿转瞬萧萧影，

极尽风华一脉香。

采桑子·京北觅春

（2016 年 5 月 1 日）

芳菲渐尽繁忙路，

频误佳期。

柳絮纷飞，

寻遍薰风拂远晖。

康庄草长桃红处，

春意归迟。

香影依稀，

一树樱花扮旧枝。

记北语盛事

（2016 年 5 月 7 日）

恰值北语世界文化节游园会，万国旗随风飘扬，各地游客云集，诗以赞之。

四海风情北语扬，

一园尽览五洲裳。

梧桐携手八方客，

万国旗中喜鹊忙。

母亲节致老母

（2016 年 5 月 8 日）

月下望归茶饭凉，

殷勤针线渐衣长。

秋霜点鬓不辞苦，

寸草安能报暖阳？

南平行第一日组诗（四首）

（2016 年 5 月 10 日）

其一　武夷山机场往南平途中

山雾氤氲远近迎，

江流婉转浅深行。

恰逢雨后清凉景，

古道茶乡万籁宁。

其二　寻访朱熹故里五夫古镇

求道五夫立业基，

书声足印古今遗。

方塘半亩留云影，

荷叶千堆掩故祠。

其三　东平镇咏怀

细水东平楠树栽，

香樟千古聚英才。

白茶入口愁云散，

不尽情丝袅袅来。

其四　政和竹茶篇

苍翠政和朱子乡，

茶烟眷眷绕方塘。

竹枝竹节皆成器，

茗韵匠魂故里扬。

南平行第二日组诗（七首）

（2016 年 5 月 11 日）

其一　政和云根书院

书声袅袅云根起，

茶韵幽幽陌上来。

霞影天光今尚在，

先贤福荫四方才。

其二　石屯镇石圳村祈福

灾后政和茶愈香，

幽篁古树荫斑墙。

银毫远复堂前落，

雨顺风调万代昌。

其三　朱子书院选址

步步清心古韵来，

茗香一盏紫薇台。

连天江水滔滔下，

轻舞银锹茶树栽。

其四　建瓯福矛酒业午宴后

细细福泉知酒香，

敦行朱子古风扬。

龙飞虎跃雄才展，

醉墨书生写狷狂。

其五 建瓯光孝寺并孔庙

竹叶青青迎远客,

莲花脉脉阅春秋。

古樟新绿传光孝,

斜木成材孔庙修。

其六 建瓯老根世家

缓缓津河山脚过,

乌龙入口齿留香。

天书绝代仙虫迹,

神木灵根自久长。

其七 初识建盏

青山不绝水龙吟,闽北建窑遗迹寻。

佛韵声声平乱耳,禅茶味味解忧心。

滴油黑釉池清浅,烹液玉毫气远深。

一炷沉香无限意,徽宗把盏共谁斟!

南平行第三日组诗（三首）

（2016 年 5 月 12 日）

其一　建阳考亭游酢书坊一线行

苍翠建阳几世迁，

考亭玉枕古今传。

程门立雪麻沙赋，

冉冉书香拜众仙！

其二　陈氏书坊见春燕有感

山路弯弯绿掩川，

遗风古训继前贤。

旧时堂上翩翩燕，

不识今人只识椽。

其三　观《印象大红袍》山水实景演出随感

人间转瞬物华迁，

慢品红袍抚古弦。

仙女大王相顾盼，

禅茶一味两心牵。

武夷行组诗（四首）

（2016 年 5 月 13 日）

其一

一抹丹霞一叶舟，

清溪九曲枕山流。

大王玉女相逢处，

笑泯人间万种愁。

其二

丹霞绽放洞天开，

玉女寻君尚未来。

前世回眸无尽意，

相思一树万年栽。

其三

武夷玉女儿多愁,
朝暮思君眷影留。
莫怪无端生铁板,
缘来缘去岂能求!

其四

禅茶一味品千秋,
了却人间万里愁。
古道清溪心放下,
也无悲喜也无求。

南平返京小吟

（2016 年 5 月 14 日）

欲寻仙迹赴瑶台，

异水灵山旷世才。

朱子茗香潜入梦，

红尘陌上雪莲开。

赴华盛顿途中（三首）

（2016 年 5 月 15 日）

其一

浮云载我向西行，

心意沉沉满别情。

梦里参天南国树，

一枝一蔓向君生。

其二

空中坐憩意难平，

莽莽黄沙竹叶情。

历历东西循古道，

诗来诗往润无声。

其三

此行仅有一星期，

但觉星移斗转迟。

望断天涯云未了，

归心切切不能追。

巴尔的摩往纽约车行途中遇雨（三首）

（2016 年 5 月 17 日）

其一

霏霏斜雨又飘窗，

盈满春怀落万江。

两地葱茏愁几许，

前缘往事一桩桩。

其二

离情恰似窗前雨，

密密斜斜落又生。

云脚不知何处著，

前程莫问只须行。

其三

星月相牵云海上，

丝丝扣扣解前缘。

伶仃偏遇他乡雨，

水漫心田又漫川。

纽约往南卡途中

（2016 年 5 月 18 日）

云高任卷舒，

深海一行鱼。

异国他乡过，

心闲意自如。

南卡印象

（2016 年 5 月 19 日）

白云低可摘，

飞墨碧空来。

满目青葱树，

分明画里栽。

无题（四言诗二首）

（2016 年 5 月 19 日）

其一

晨昏交错，虽夏犹冬。

低云徘徊，浅水淙淙。

松鼠腾跃，倏尔无踪。

我心戚戚，不知去从。

其二

隔山隔水，遥不可及。

食不甘味，寝不安席。

白云悠悠，芳草离离。

我心实忧，浩渺无极！

无题（六言诗）

（2016 年 5 月 19 日）

自古多情伤别，

霏霏细雨连绵，

飞星暗度银汉，

挥手斜阳满川。

南柯一梦

（2016 年 5 月 21 日）

春花乍放谢春红，

午夜华胥一梦终。

云卷云舒风自定，

且抛珠泪雨烟中。

云中行（四首）

（2016 年 5 月 22 日）

其一

一路风尘苦乐歌，

万千云影任穿梭。

人间天上愁肠过，

二度春光忆几多。

其二

万里云牵两地肠，

殷勤青鸟赴斜阳。

太虚八日人间降，

不识黄花瘦影长。

其三

昨天共饮半壶茶，
今夕伶仃看落花。
何去何从随一念，
转身咫尺是天涯。

其四

花事阑珊意渐平，
云开云散本无情。
一如江水滔滔下，
前浪才堆后浪生。

无题（六言诗二首）

（2016 年 5 月 27 日）

其一

梧桐风来鹊啼，

庭前孤影凄凄。

愿作天涯明月，

相随南北东西。

其二

孤月清明依旧，

瘦花河畔茕茕。

春愁一川烟雨，

密密拂了又生。

周末无题（次韵三首）

（2016 年 5 月 28 日）

母亲拟周一住院，高精尖申报仍在攻坚。负了秋华负春好，爬坡过坎几时休？

其一

梦中携手好河山，

伞下萤萤细雨间。

月落湖心深且远，

芊芊一苇两潸潸。

其二

自在莺啼日半山，

当头冷雨彩云间。

上苍可解人间事？

烟锁青天泪又潸。

其三

身陷重重叠叠山，

魂牵南国苇塘间。

醒时慈母床前坐，

梦里相逢又泪潸。

周末无题（依韵二首）

（2016年5月28日）

其一

犹记昔年端午节，

天涯同赋艾蒿诗。

而今明月同心照，

烟雨欹斜唱竹枝。

其二

斜斜垂柳柳如丝，

直引诗情到碧池。

不羡鸳鸯朝暮影，

高山流水贵相知。

窗　外

（2016 年 5 月 30 日）

鸣蝉抱树几时休，

万里铅云兀自留。

明月应知离别事，

小轩窗外照孤幽。

咏怀（三首）

（2016 年 5 月 31 日）

其一

匆匆倦影又天涯，

万里风尘搏浪沙。

恨不能随明月去，

情归一处便为家。

其二

隔烟隔雨送秋波，

天上人间相应歌。

痴月传情惆怅客，

几颦几笑未嫌多。

其三

夏日昏昏云鬓斜，

闺中独坐念天涯。

衔来鱼雁江南信，

恍恍同披万里霞。

顶针诗

（2016 年 5 月 31 日）

最爱诗书水墨香，

香飘万里白云长。

长空引凤梧桐树，

树下才郎拜谢娘。

读充和诗有感（顶针诗三首）

（2016 年 6 月 4 日）

张充和有诗曰："小别试相思。"余以此句为发端，连作三首顶针诗以和之。

其一

小别试相思，

思如万柳垂。

垂垂梅子雨，

雨乱一心池。

其二

池皴影参差，

参差绿满枝。

满枝摇落月，

落月晓风随。

其三

随意彩云追，

彩云追为谁？

为谁痴醉语，

痴醉语私私。

端午前夕（依韵三首）

（2016年6月8日）

其一

衷肠一诉夏生凉，

冷月凝成早岁霜。

又到端阳花却好，

菖蒲窗下泛瑶觞。

其二

年少不谙世暖凉，

巫山沧海未思量。

初尝艾酒真滋味，

才诉衷肠又断肠。

其三

凭栏半晌更思量，

朝暮难逢日月长。

寄语痴心南北雁，

素笺脉脉鉴衷肠。

端午田间组诗（四首）

（2016 年 6 月 9 日）

其一

端午夏初暑气融，

康庄急雨送清风。

小园耕种云帘卷，

诗去诗来趣每同。

其二

雨浴芳兰艾草青，

京郊耕读鸟穿庭。

愿为自在田间妇，

醉咏诗情日月听。

其三

雷鸣电闪雨淙淙，

晨著纱裙夜入冬。

冰火两重心一处，

星光月影对愁侬。

其四

潇湘夜雨不知情，

漫卷离伤两地声。

历历书中追旧事，

芭蕉点点到天明。

感时（三首）

（2016 年 6 月 10 日）

其一

潋滟波光塞外天，

数行野鸭自流连。

芦花迷醉游人眼，

却把春心托杜鹃。

其二

万里愁云卧满坡，

骑游半日任蹉跎。

轻风不语芦花荡，

遥忆蒹葭大漠歌。

其三

听歌一曲惹离愁，

燃尽彤云满目秋。

转瞬墨翻千万里，

风光黯淡竟谁收？

未名湖记事（二首）

（2016 年 6 月 11 日）

其一

云醉任悠游，

青山绕四周。

未名心底事，

一遇解烦愁。

其二

未名湖畔自徜徉，

云展眉心碧水凉。

童子娇音犹在耳，

高山一曲绕芳塘。

听《梦中的额吉》感怀

（2016 年 6 月 11 日）

一听前尘似烟，

复听涕泪涟涟。

雏燕渐飞渐远，

白头倚槛年年。

七言顶针诗（二首）

（2016年6月14日）

其一

梧桐低语鹊相鸣，

鸣落斜阳照晚晴。

晴日心头无限梦，

梦中夜夜玉箫声。

其二

细雨梧桐好似秋，

秋波望尽柳枝柔。

柔如万里相思月，

月下蛙鸣点点愁。

雨天无题（三首）

（2016 年 6 月 14 日）

其一

斜雨窗前过，

泠泠碎玉鸣。

清音藏不住，

阵阵送寒声。

其二

风静雨丝柔，

烟含草木羞。

一声雷跃起，

零落送寒秋。

其三

风雨断天涯，

心牵落魄花。

凄凄孤月冷，

何处是奴家？

晨　起

（2016 年 6 月 15 日）

昨夜忘关窗，

啾啾雀绕梁。

无须铃唤起，

帘动抱初阳。

满月记

（2016 年 6 月 15 日）

盈盈初月满，

离恨四时煎。

咫尺天涯路，

涓涓百味泉。

手术室外候母（依韵四首）

（2016 年 6 月 16 日）

其一

烈日晴空上，

愁颜苦几多？

风尘同碌碌，

朝暮奏劳歌。

其二

冷气徐徐过，

心湖点点波。

泠泠琴瑟好，

途远奈之何！

其三

人世几蹉跎，

悲多喜亦多。

江河因势下，

何不放狂歌！

其四

往事悠悠过，

风行几路坡？

光阴分秒计，

来去步如梭。

六言诗

（2016 年 6 月 21 日）

湿云片片低垂，

雨落新莲一池。

梦里双双陌上，

莺啼绿柳丝丝。

初到东戴河

（2016 年 6 月 22 日）

雾卷涛掀气朗清，东临碣石有遗声。

雄波万顷滔滔过，羞月千年寂寂明。

滚滚红尘一念重，悠悠沧海百舟轻。

水天相映离人影，从此收帆莫远行。

记山海同湾（依韵二首）

（2016 年 6 月 25 日）

其一

夜半潮生雷隐隐，

灯昏影叠月迢迢。

依稀蝶梦云帆杳，

沧海从今独放箫。

其二

轻舟难渡银河路，

山海同湾梦鹊桥。

织女牛郎挥泪去，

空留沧浪自吹箫。

晨起练《灵飞经》

（2016 年 6 月 25 日）

晨星扰梦任灵飞，

草瘦花残鸟忘归。

手不由心挥笔颤，

涂鸦岂敢拜师威！

无　题

（2016 年 6 月 25 日）

云聚相逢处，

云销梦未销。

一弯残柳月，

憔悴两头烧。

康庄田园诗（二首）

（2016 年 7 月 8 日）

其一

伶仃塞外念伶仃，

瓜果飘香满目青。

亲子融融初夏夜，

蝉鸣阵阵怎堪听？

其二

婆娑醉眼看婆娑，

百蔓千枝挂绿萝。

月下田园喧闹少，

浮云嫌我挂牵多。

遇向日葵

（2016 年 7 月 17 日）

　　周日信步奥林匹克森林公园"花田野趣"，但见万亩葵花棵棵向上，生气勃勃。小儿即兴吟诗一首："闲来寻至花田处，万亩芳葵金满洲。漠漠浮云常蔽日，缘何众菊不低头？"余步韵和之。

俗务纷纷久未休，

花田信步万葵洲。

谁言日落愁云布？

无数骄阳竞仰头。

周日无题（二首）

（2016 年 7 月 17 日）

其一

莫道花无百日红，

丹心一片在壶中。

蝉音聒噪人萧索，

脉脉云山两地同。

其二

三伏不知孤月冷，

青丝怎解白头哀。

闲愁难遁团团影，

才下楼台上案台。

暴雨来袭

（2016 年 7 月 20 日）

雨打梧桐一日秋，

水烟漫漫起浮楼。

漏音迢递高低路，

点点孤舟浪里游。

毕业寄语文长

（2016 年 7 月 21 日）

越南硕士生范文长自制彩色花束送与我作毕业留
念。感其中文名字"心远"恰如其人，赋别诗以为赠。

南客驾云还，

梵音天海间。

文长辞隽永，

心远气舒闲。

毕业寄语家祺

（2016年7月25日）

泰国硕士生王家祺酷爱旅游，虽外表羞涩，行事却有侠女之风。毕业在即，取其名赋诗以赠别。

盈盈南国女，

豪侠四方驰。

万里家常在，

时时报福祺。

病中杂诗（依韵二首）

（2016 年 7 月 26 日）

其一

秋波望尽絮云飞，

病榻孤吟对落晖。

也盼悠悠伤痛减，

扬鞭策马牧歌归。

其二

眉目昏昏气不归，

笔端涩涩意难挥。

车行千里情丝远，

织就云霞自在飞。

卧观云图

（2016 年 7 月 27 日）

卧榻梦来梦走，

隔窗云起云归。

飘飘彩缎千里，

转瞬风掀墨飞。

病中又一首

（2016 年 7 月 28 日）

卧听窗外起边声，

风叶萧萧鸟雀鸣。

憔悴床头追往事，

秦淮河上踏歌行。

定风波

（2016年8月1日）

连日昏昏伏病床，

小窗眷眷送残阳。

一树玉兰香已尽，

声紧，

高蝉唱折几回肠。

憔悴黄花云鬓理。

扶起，

镜中对笑泯愁伤。

自古缺多圆月少，

休恼，

亏盈不掩绝尘光。

凝思月亮湖

（2016年8月6日）

莽莽黄沙一碧池，
胡杨芦苇两葳蕤。
瑶台清浅明光镜，
镜里凝波欲向谁？

途经中华黄河楼

（2016年8月9日）

浩浩黄河第一楼，
石雕铜铸水行舟。
贺兰山下浮云过，
影入大川天际流。

过通湖草原

（2016 年 8 月 10 日）

万里金沙天地分，

一方明镜照悠云。

扬蹄骏马低头草，

战鼓边风不可闻。

观贵德黄河

（2016 年 8 月 12 日）

　　贵德黄河段乃河之上游，依山而下，水清如镜。河畔有钱其琛题碑："天下黄河贵德清。"吾以此句为诗，略抒观感。

殷殷龙脉丹霞汇，

天下黄河贵德清。

碧水澄空腾日月，

岂知东去浊沙生。

秋夜思（二首）

（2016 年 8 月 15 日）

其一

秋月无声识我心，

霓虹竞耀影难侵。

流星寂寂长空过，

前世来生不可寻。

其二

秋风秋雨念无涯，

鸿雁重温寂寞家。

历历蓬山千里路，

朝朝暮暮共云霞。

听　雨

（2016 年 8 月 18 日）

雨打梧桐喜鹊回，

啾啾绕树恐巢摧。

坐听帘外千珠碎，

万缕愁丝去又来。

雨后云起（二首）

（2016 年 8 月 25 日）

其一

雨洗离肠三百结，

风掀墨浪万千堆。

人间纷扰无归客，

怎比流云去又回！

其二

尘世千般好，

人生不久长。

浮云游子去，

俯拾尽堪伤。

病中吟（依韵二首）

（2016 年 9 月 8 日）

其一

病床一卧暑连秋，

几度银盘复玉钩。

纵使重开霏雨后，

如何寻得旧枝头？

其二

一花一叶总关秋，

飒飒风声枕际留。

又到缤纷摇落日，

心如澄水月如钩。

中秋月下病吟

（2016 年 9 月 13 日）

病榻缠绵久，明月不知苦。

九霄清波送，四海芳心吐。

窗外几盈虚，中秋换处暑。

落落芭蕉叶，潇潇梧桐雨。

沉疴乱云鬓，憔悴万千缕。

人间无仙丹，捣药惟玉兔。

夜夜广寒宫，何不下凡土？

医我难言痛，解尔愁无主。

丙申中秋怀远

（2016 年 9 月 15 日）

月上中秋格外明，

天涯万里照孤清。

眼中若是无离恨，

岂问圆亏与雨晴！

中秋续古风一首

（2016 年 9 月 15 日）

窗外云霞几聚散，

梦里蝉声渐飘渺。

残红半抹人空瘦，

飞去飞来惟青鸟。

行香子·丙申秋分夜雨翌日薄雾

（2016年9月23日）

银杏枝头，渐染风流。

雁声过、叶叶知秋。

哀蝉衰柳，病榻苦囚。

看月成环，月成玦，月成钩。

年年此日，鹊绕梧桐。

现如今、倩影空留。

几时疾愈，愿驾长舟。

共一江云，一江雨，一江鸥。

伤病吟

（2016 年 9 月 24 日）

惊雷夜半独猖狂，

摇落萋萋满地霜。

暑往寒来伤不愈，

人生辗转向何方？

秋　晓

（2016 年 10 月 2 日）

仿孟浩然《春晓》一诗，依其韵脚而作。

秋霾不报晓，

梦别啾啾鸟。

天边雁影稀，

路上行人少。

雨中天象

（2016 年 10 月 4 日）

一窗烟雨满城飞，

万里愁云何处归？

向晚驱车寻塞雁，

霞光隐隐泄天机。

林中漫步

（2016 年 10 月 5 日）

雨歇天晴好个秋，

胭脂淡淡染枝头。

高低喜鹊林中戏，

火炬花燃照绿洲。

渝州夜雨（三首）

（2016 年 10 月 14 日）

其一

初来却见渝州雾，

夜雨巴山不寐时。

遥想西窗凝泪烛，

青葱难掩莫名悲。

其二

嘉陵雾卷烟沉，

古镇千年足音。

北雁难寻去路，

潇潇雨落丹心。

其三

仙林孤雁南飞，

夜雨江心暗随。

莫问前程寂寂，

长河眷眷难移。

云　深

（2016 年 10 月 16 日）

云深蔽日痕，

坐卧意昏昏。

瑟瑟飘零叶，

回眸冷月魂。

秋字诗

（2016 年 10 月 21 日）

秋梦悠悠月色凉，

秋声寂寂碧波扬。

秋烟渺渺离人远，

秋思绵绵雁阵长。

感秋（二首）

（2016年10月22日）

其一

风摇一树黄，

云薄百花凉。

断雁催衣紧，

寸心秋水长。

其二

云深落叶稠，

泉上彩林幽。

离雁飞千载，

人生只一秋。

别秋（二首）

（2016 年 11 月 8 日）

其一

瑟瑟秋将尽，

园中落叶飞。

斜阳频四顾，

欲问几时归。

其二

秋叶无多日，

霜花覆瘦枝。

寒鸦啼不住，

化作断肠诗。

暮秋风起（二首）

（2016 年 11 月 21 日）

其一

梧桐一夜便倾城，

喜鹊枝头抱雪鸣。

妙手丹青难写就，

叶飞叶落画天成。

其二

万里流云几处停，

冰封叶落两飘零。

可怜南下伶仃客，

离思风中不忍听。

岁末小吟（二首）

（2016 年 12 月 25 日）

其一

寂寂寒阴里，

临窗独抱琴。

昏鸦萦岁杪，

堪向旧时吟。

其二

对影霾中月，

诗书一素琴。

梦回南北道，

清浅几多吟！

一七令·元旦

（2017 年 1 月 1 日）

天。

笼雾，含烟。

山隐隐，雀翩翩。

城中气浊，塞外光鲜。

轻云缠老树，劲草绕荒田。

一日厚霾不扫，千家愁绪难迁。

欲将美意托明月，还驾长风启瑞年。

天净沙·冬游

（2017 年 1 月 15 日）

携子冬游景山，小儿赋词《天净沙·冬游》一首："苍山白塔银冰，日斜云聚风平。近水新枝泛青。旧墙残影，隐约归雁长鸣。"遂以同题填词应和。

烟生紫禁流丹，

黛云千里冰寒。

古殿新楼目断。

风催鸣雁，

独凭昔日阑干。

除夕报吉

（2017 年 1 月 27 日）

月落中宵辞旧岁，

烛摇满室降新星。

金鸡欲唱千山静，

报晓三声万户听。

采桑子·丁酉正月初二夜

（2017 年 1 月 29 日）

灯花万朵风中舞，

爆竹无声。

冷月无声，

昨日霾浓今日清。

华筵散尽阑珊意，

又赴归程。

不问前程，

一笑天香满室倾。

丁酉正月初四随感（二首）

（2017 年 1 月 31 日）

其一

月与灯依旧，

人生又一秋。

去年寻胜处，

种下此时愁。

其二

寒梅待雪开，

雪盼暗香来。

谁解相思苦？

双双月下栽。

丁酉上元晨吟

（2017 年 2 月 11 日）

垂柳纤纤暗度春，

轻云自在绝风尘。

逍遥愿逐丹心去，

牧笛声声对月轮。

丁酉上元游月坛适逢腊梅初绽

（2017 年 2 月 11 日）

寒树萧萧瘦影长，

枝头忽见染鹅黄。

暗舒蝉翼迎飞雪，

却占今春第一香。

丁酉正月十六游颐和园西堤望十七孔桥

（2017 年 2 月 12 日）

寒尽古堤长，

新枝对镜妆。

玉梳青鬓上，

无意惹春光。

谷雨小吟

（2017 年 2 月 19 日）

垂垂烟雨岸，

杨柳泛青时。

风笛声来早，

花开意恐迟。

丁酉新春初雪贺岁（三首）

（2017 年 2 月 21 日）

其一

冬去雪花开，

银枝玉叶裁。

须臾天地改，

无处惹尘埃。

其二

渺渺人间路，

迢迢白雪归。

别来三百日，

一触泪先挥。

其三

黄梅乍放时，

老树焕芳姿。

急雪来相和，

闻香更有诗。

早春腊梅

（2017 年 2 月 25 日）

天公巧作清香蜡，

妆就迎春第一花。

蝉翼欲飞黄蝶舞，

醉蜂迷乱不归家。

早春烟雨（二首）

（2017 年 3 月 24 日）

其一

寒雨潸潸拾落华，

柳枝才绿又欹斜。

隔烟万里潇湘泪，

洒向红尘乱作麻。

其二

京城三月雨潺潺，

半壁寒烟去又还。

新柳婆娑花黯淡，

一春愁绪落千山。

春日组诗（依韵四首）

（2017 年 3 月 26 日）

其一　初柳

雨后亭亭柳，

云中袅袅黄。

情丝千万缕，

风住影留长。

其二　榆叶梅

团团花似缀，

榆叶扮红妆。

最是春浓处，

虬枝映四方。

其三　山桃山杏

有无春色里，

桃杏竞芬芳。

好似双生女，

冰肌着素装。

其四　玉兰

玉女瑶池下，

琼衣间紫裳。

只嫌春日短，

一瓣一株香。

清明前夕过居庸关

（2017 年 4 月 3 日）

雾霭深深山路斜，

杏花点点胜霜花。

长城不辨往来客，

几度残阳问落霞。

感　春

（2017 年 4 月 7 日）

柳叶还新杨絮来，

玉兰才谢海棠开。

一春花事半轮月，

衰盛有期何必哀！

再下江南（五首）

（2017 年 4 月 11 日）

其一

青山依旧水田田，

油菜花开又一年。

再下江南烟缱绻，

万千往事拨心弦。

其二

一江烟霭四方流，

碧树丹花无尽头。

正是江南春好处，

清心再度画间游。

其三

青瓦白墙碧野间，

一川春水化春烟。

江南多少繁华事，

尽在蒙蒙三月天。

其四

花落花开自在春，

人间来去若飞尘。

芳菲几度江南梦，

一样葱茏一样新。

其五

金华夜雨更青葱，

寂寞双龙隐半空。

油菜一坡花灿灿，

亦晴亦霭梦魂中。

咏郁金香

（2017 年 4 月 25 日）

郁金香盏满春晖，
彩袖飞云映翠微。
饮尽花间无限酒，
不思前路不思归。

蜂恋花

（2017 年 4 月 26 日）

牡丹争艳蜜蜂忙，
蕊下花间半醉狂。
舞尽春光明媚日，
采来国色满襟香。

五一延庆春光

（2017 年 5 月 1 日）

桃李几番相继去，

芳菲辗转又如新。

花开花谢因南北，

一样风华两处春。

风过晨起

（2017 年 5 月 5 日）

春花零落叶纷飞，

浩荡黄沙四海摧。

旧梦依稀前路远，

痴怀一捧满尘灰。

行 前

（2017 年 5 月 24 日）

柔肠九转萦，

幽雨伴君声。

从此蓬山路，

飘飘任尔行。

别外婆

（2017 年 5 月 28 日）

出差途中惊闻外婆病危，飞回病榻边，得见最后一面。外婆于丁酉年五月初三酉时三刻仙逝，诗以悼之。

飞去飞来转瞬空，红尘一粒各西东。

手中奄奄枯柴骨，眼下垂垂断柳风。

曲绝乡音犹在耳，烟销芳草尽怀衷。

轻魂从此乘云远，端午年年对月躬。

暑　雨

（2017 年 7 月 7 日）

文枯暑气蒸，

挥汗自躬耕。

急雨潇潇落，

闲情密密生。

毕业二十年聚会感怀

（2017 年 8 月 3 日）

　　毕业二十载重回母校聚首，欣撰小联以贺："廿载春秋回眸初心不忘，八方桃李聚首母校犹新。"而后诗以咏之。

廿载春秋任尔行，

八方桃李喜相迎。

初心未改轻狂语，

鬓点吴霜亦小生。

登长白山

（2017 年 8 月 8 日）

巍巍百丈巅，冰雪倚天眠。

云朵松枝挂，瑶池王母旋。

游人穿古桦，飞鸟唱清泉。

东麓何空寂，西坡一众仙。

一夜秋雨

（2017 年 8 月 12 日）

秋雨无心扰梦人，

梧桐怎奈泪声频。

旧词采自悠然境，

新曲难追碌碌尘。

赴紫云台香草园途经七王坟（次韵二首）

（2017 年 8 月 24 日）

其一

芳草依依拾级来，

薰衣待放紫云开。

七王悲喜今何在？

无尽天河映古苔。

其二

流云一泻碧空来，

紫气林中蕙草开。

琴瑟相鸣蚊蚋妒，

清音袅袅绕青苔。

燕歌行·军营内外

（2017 年 8 月 25 日）

小儿开学军训一周，每日军营内发送战地新闻，军营外家长翘首以待。父母同心，慨之以歌。

古有十五从军征，今有少年入军营，旦辞爷娘赴边城。
捷报频传爷娘惊，闻鸡起舞苦练兵，飒爽英姿展旗旌。
淫雨难掩金戈声，烈日不改铿锵行，沙场小将恣纵横。
夜半风起意难平，秋凉可曾衾枕萦？娇儿怎奈蚊蚋鸣？
前线又发战事评，书生投笔换长缨，英雄榜上写威名！
旭日初升天地明，军歌嘹亮赛鹂莺，千家翘盼踏归程！
从此学海书山路，一路芳草一路荆，一俯一仰一笑迎。

丁酉秋分翌日闲吟（二首）

（2017 年 9 月 24 日）

其一

南舟复北楼，

何处放闲愁？

一段潇湘水，

分成两地流。

其二

北岳望南丘，

两山相对愁。

纷纷秋夜雨，

点滴落心头。

佳节过长安街

（2017 年 10 月 2 日）

旌旗十里扬，

秋雨觅秋阳。

一盏相思月，

千家桂子香。

丁酉中秋感怀

（2017 年 10 月 3 日）

又到中秋玉满轮，寒来暑往几风尘。

愁眉总对奔波影，孤月应怜憔悴人。

瑟瑟花飞才乱眼，萧萧雁过更伤神。

从今愿与金华共，坐看丹枫映此身。

丁酉八月十五登石峡关长城

（2017 年 10 月 4 日）

十五驾长龙，

蜿蜒入远空。

斜阳天地外，

明月半山红。

丁酉八月二十五遇后海残荷有感

（2017 年 10 月 14 日）

枯荷漏雨半秋池，

瘦骨风前碎影垂。

数点莲舟惆怅过，

芳华一瞬怎堪追？

忆秦娥·久病不愈

（2017 年 11 月 12 日）

头欲裂，

孤灯愁对霜秋月。

霜秋月，

浮身若寄，

素颜如雪。

小窗舞尽风中叶，

长空断雁声声咽。

声声咽，

满城金絮，

为谁伤别？

冬夜（二首）

（2017 年 12 月 7 日）

其一

冷月瑶台镜，

寒云渡水穷。

枝头留几叶，

安可御西风？

其二

月浸星河冷，

枝疏百鸟穷。

何时枯叶醒？

片片舞东风！

景迈返京两日有感（四首）

（2018 年 2 月 10 日）

其一

和友人《寒鹊》："出门风刺耳，树枯鹊长吟。吾恤天寒鸟，人云唱早春。"

春来风愈紧，

沙走鹊声悲。

初雪何时访？

寒冬不忍辞。

其二

半月访天涯，

春红景迈家。

京城颜色少，

亦缺雪中花。

其三

朝披银雾起，

夕踏赤霞归。

一别南柯郡，

层云梦里飞。

其四

黎明踏碎霞，

深夜挑灯花。

诗意人生远，

油盐酱醋茶。

除夕辞岁

（2018年2月15日）

　　除夕之夜，自撰楹联"金鸡辞岁倾千盏，玉犬报春旺万家"以贺岁。其中"旺"语带双关，摹犬吠之声，亦寓吉祥之意。继而又添两句，合成七绝。

更漏一年将滴尽，

月轮皎皎送芳华。

金鸡辞岁倾千盏，

玉犬迎春旺万家。

戊戌正月初一遇晴

（2018年2月16日）

元日欣逢万里澄，

半湖春皱半湖冰。

临风似有伊人立，

采采蒹葭白露凝。

戊戌二月初一久旱逢雪

（2018 年 3 月 17 日）

冬去雪花开，

香梅应雪来。

东风惟恐后，

一夜万枝裁。

戊戌春早

（2018 年 3 月 23 日）

一夜春风柳色轻，

抬头满树杏花惊。

早莺不识归来客，

鸣向新巢唤母声。

暮春寒雨

（2018年4月13日）

独立苍茫里，寒山隐约青，

烟花迷我眼，案牍削吾形。

千万廉纤草，两三枯瘦萍。

匆匆春又去，幽雨几番听。

渔歌子·高铁上

（2018 年 5 月 25 日）

千里京杭半日还，

万家忙种一人闲。

烟渺渺，

雨潺潺，

江桥阅尽几弯弯？

一剪梅·又上高铁

（2018 年 5 月 27 日）

一日千山越万江。

才别余杭，又过荆襄。

云堆日隐旅尘扬，

北也苍苍，南也茫茫。

黄鹤归来应忖量。

晴川犹长，芳草还香。

人间却道换新妆，

楼望成行，步驰无疆。

毕业季送别学生有感

（2018 年 7 月 1 日）

十载寒窗业始成，

梧桐鹊绕喜相迎。

芳华一饷春来去，

且整行装再启程。

行香子·初秋

（2018 年 8 月 13 日）

月不言秋，影入重楼。

蝉声沸、却为谁留。

星垂天际，绿老枝头。

向徐徐风，微微雨，轻轻愁。

盈亏有道，无问情仇。

山依旧、何必争流。

烟花几度，今古同游。

撷一江云，一朝露，上仙舟。

秋分夜吟

（2018 年 9 月 23 日）

一夜便秋分，

金风处处闻。

云开光满月，

迢递待成群。

乌兰巴托随想

（2018 年 10 月 7 日）

昔日英雄地，空留满月悬。

穹庐笼朔野，瀚海起迷烟。

铁骑笳声绝，黎民塞草怜。

可汗今若在，应叹暮云边。

向晚登延安清凉山

（2018 年 10 月 28 日）

清凉山位于延安城北延河之滨，古称万佛寺，又名太和山。登上清凉山，可隔延河水与城东南宝塔山遥遥相望。

宝塔刀光尽，
延河落日闲。
兴亡千古事，
历历太和山。

己亥贺岁

（2019 年 2 月 4 日）

瑞犬携风远，
祥豚拱运来。
千家灯火旺，
一树腊梅开。

春日无题（六言诗二首）

（2019 年 4 月 28 日）

其一

黄昏雨后神游，

水鸟蒹葭探幽。

有女闺中独坐，

一窗春意难收。

其二

舟行万里携忧，

寂寞凭栏小楼。

烂漫山花独放，

一春两处闲愁。

己亥白露思秋（六言诗）

（2019年9月8日）

白露蒹葭何处？

伊人暑汗难收。

为谁风掀树影？

摇落一池锦秋。

红旗渠研学题诗

（2019 年 10 月 31 日）

红旗渠是从太行山腰修建的引漳入林工程，被誉为"人工天河"。此次研学主旨为"继承红旗渠精神，坚守北语人使命"，该使命即向世界传播汉语和中华文化，汇聚各国人才。

一锤一铲壁崖开，

百里太行清水来。

文化语言舒两翼，

五湖四海汇人才。

自雄安至狼牙山研学题诗

（2019 年 11 月 18 日）

　　狼牙山与易水河同处燕地。"风萧萧兮易水寒，壮士一去兮不复还"之千古悲歌让易水河名垂青史，八路军五壮士之跳崖壮举亦让狼牙山声贯华夏。雄安距易水约 80 公里，展望雄安千年宏图，追思壮士英雄事迹，慨当以慷，诗以咏之。

雄安一览千年计，

易水重温壮士魂。

战鼓旌旗今尚在，

初心熠熠照乾坤。

庚子月下小吟

（2020 年 3 月 7 日）

庚子瘴风旋，山河一线牵。

九州鸣鼓角，万众楫舟船。

力拔楼兰剑，春催岸柳烟。

欣逢花甲日，把盏对婵娟。

庚子早春随感

（2020 年 3 月 15 日）

新冠肺炎疫情未能阻挡春暖花开，但踏春赏花之人稀少，偶见三两游人，均以口罩遮面，且相互避而远之。既觉怅然，小诗记之。

枝头春又俏，

难见赏花人。

隔面稀疏客，

何时现此身？

金融街海棠月夜

（2020 年 4 月 7 日）

海棠如约至，

明月不孤悬。

万里凝眸处，

春风续旧缘。

车过八达岭有感

（2020 年 4 月 12 日）

龙盘千仞岭，

花踞旧时关。

漠漠烽烟去，

青山不改颜。

向晚游元大都海棠花溪

（2020 年 4 月 12 日）

海棠才挂雪，

绿径已堆红。

千古香丘泪，

飘零泥土中。

漫步校园遇海棠花谢

（2020 年 4 月 17 日）

海棠红影碎，

花事又匆匆。

翦翦东风起，

应怜半树空。

天坛赏牡丹

（2020 年 5 月 3 日）

春花频代谢，

游赏趁娇颜。

烂漫千枝上，

凋零一饷间。

镜里寻白发

（2020 年 5 月 13 日）

"白发生一茎，朝来明镜里。勿言一茎少，满头从此始。"（白居易《初见白发》）乍见此诗以为系女子自怜，不料乃乐天诗作。余不禁对镜细寻，亦寻到几许银丝。心有戚戚焉，仿白诗为记。

白发几多茎，

挑灯明镜里。

暗霜侵额鬓，

却从何处始？

小满入夜听雨

（2020 年 5 月 21 日）

小满催时雨，

无端梦不成。

隔窗听夜曲，

密密拨心声。

京北野鸭湖记游

（2020 年 5 月 24 日）

野色唤归禽，

蒹葭古道侵。

行云随我意，

流水解君心。

画堂春·庚子端午

（2020 年 6 月 25 日）

艾符难祛疫瘟侵，

任凭蒲酒空斟。

墨泼云上又湿襟。

天为谁阴？

九曲离骚眷眷，

一江汨水深深。

千帆望尽付销沉。

莫复追寻。

咏莫高窟（三首）

（2020 年 7 月 31 日）

其一

落日衔沙古道边，

莫高千洞远人烟。

自鸣鼓乐飞天舞，

四壁莲花色更鲜。

其二

胡笳阵阵舞黄沙，

万里秦云接陇霞。

纵使边关多险阻，

也催战马饮琵琶。

其三

阳关沙锁千秋色，

葱岭冰封百卷经。

但使初心常不改，

归来杨柳更青青。

关山月

(2020 年 8 月 5 日)

次韵李白《关山月》："明月出天山，苍茫云海间。长风几万里，吹度玉门关。汉下白登道，胡窥青海湾。由来征战地，不见有人还。戍客望边色，思归多苦颜。高楼当此夜，叹息未应闲。"

浩荡鸣沙山，风行大漠间。

古来商旅道，络绎玉门关。

胡马侵黄草，征夫别碧湾。

羌音何寂寂，梦断几人还？

应是唐时月，苍生尽换颜。

西行万里路，一日往来闲。

清平乐·开学

（2020 年 10 月 9 日）

金秋细细，

华夏瘟风止。

四海英贤齐聚此，

银杏丹枫摇曳。

抛离半世烦愁，

闭关百日勤修。

不惑应惭有惑，

惜今学海飞舟。

相见欢·入校十天

（2020 年 10 月 18 日）

红墙深锁秋风，

信难通。

尘外学经参道向尘中。

月又缺，

雁渐远，

竟匆匆。

自是论今谈古意无穷。

牧笛诗词

浣溪沙·庚子重阳

（2020 年 10 月 25 日）

霜降梧桐叶染尘，
微云万里掠风痕。
一秋占尽一园新。

寒雀登高呼远客，
茱萸入梦系归人。
红船满座论乾坤。

浪淘沙·访红船

（2020 年 11 月 8 日）

鹅颈向云天，

掠燕湖边。

雕栏仍是旧时颜。

亘古男儿今若在，

应识红船。

百载一挥间，

星火燎原。

旌旗奋展凯歌旋。

飒飒金风华夏起，

醉了河山。

采桑子·秋雨

（2020 年 11 月 17 日）

潇潇细雨缤纷去，

一地残红。

绿影寻踪，

水瘦鸦寒不忍冬。

书声满室经纶展，

四海相逢。

志远心同，

尽览风云天地通。

庚子冬初雪恰逢运动会

（2020 年 11 月 21 日）

晨起雪纷扬，寒衣挂雨霜。

浮云归混沌，枯叶赴洪荒。

面壁流光浅，临窗学子忙。

忽而红日出，赛鼓绕飞梁。

点绛唇·秋叶落

（2020 年 11 月 29 日）

满目萧萧，

北风卷地愁云破。

万山尘锁，

老叶纷纷堕。

学道无成，

倏忽时光过。

乾坤大。

路途颠簸。

何日修仙果？

如梦令·寒日球赛夺冠

（2020 年 12 月 13 日）

雪霁寒禽争渡，

场内汗挥如雨。

慷慨好男儿，

更有红妆相助。

留步，

留步，

明日天涯何处？

临别寄语

（2020 年 12 月 17 日）

　　余所在四组同学十人，姓名中含宇、林、峰、玉、可、丹、心、正、华、志等字，连缀成诗，以作结业纪念。

　　　　百日勤修振宇篇，

　　　　林深峰耸勇争先。

　　　　玉壶可有丹心聚？

　　　　正咏华章志比天！

咏二师（二首）

（2020 年 12 月 27 日）

其一　寄咏陈师以为别

兴怀三尺台，玛瑙耀英材。

大有风华聚，神州桃李栽。

仁心嘘冷暖，慧眼拭尘埃。

谆谆良言出，欣欣迷雾开。

耕耘人寂寞，离别月徘徊。

寄咏陈师意，功成归去来。

其二　与洪师将别咏叹

自古东瓯地，人强且志坚。

一心怀社稷，百日育英贤。

论道朝连夕，谈经海纳川。

书香袭冷月，茗韵入清泉。

从此天涯赴，随时鱼雁传。

春风桃李放，大有续前缘。

新年题赠物业锦旗（二首）

（2020 年 12 月 28 日）

　　新年之际，受命撰写两联，题于锦旗之上，赠予物业，以表全班谢意。其一"群贤毕集开怀处，百味争新可口园"赠食堂，其二"每时每刻送人间暖意，一叶一枝传党校深情"赠楼宇。又成小诗以记之。

其一　赞食堂美食

群贤云集处，

百味竞新园。

莫叹无樽酒，

三餐不厌繁。

其二　赞楼宇服务员

飞去飞来影，

嘘寒问暖声。

春风能解意，

枝叶见真情。

毕业咏怀

（2021 年 1 月 7 日）

金秋庚子年，大有聚群贤。

闻道厅堂上，穷经寰宇间。

高山须仰止，浩卷欲研穿。

衣带宽无悔，星辉照不眠。

茶香何袅袅，笑语更田田。

老叶抱尘土，雏鹅戏玉川。

良师纤细雨，益友浅清泉。

朗月初心鉴，襟怀正气填。

光阴惊荏苒，更漏恨残圆。

始觉晨昏久，临行肠肚牵。

依依杨柳意，眷眷琵琶弦。

明午八方赴，前程一路先。

天涯常想念，杯盏待言欢。

他日重相聚，同窗再续缘。

蟠龙观掠燕，千萃览红船，

华夏好儿女，共歌慷慨篇。

沁园春·离校

（2021 年 1 月 9 日）

送别同学后，独步"掠燕湖""霁月亭""五步桥"，见昔日胜地空无一人，惟鹅雀兀自玩耍。凭栏凝仁，抚今追昔，明志抒怀，赋词为记。

掠燕冰封，霁月亭空，别意已深。

看苍山数点，寒云拾梦；黯阳一抹，疏影留金。

鸟雀萦飞，鹅儿争跃，五步莲桥人迹寻。

凭栏望，叹物华苒苒，岁事骎骎。

回眸百日光阴。

惟夙夜勤修天地心。

有业师传道，醍醐灌顶；案头千卷，洒作甘霖。

漫话秋湖，闲谈冬雪，自在鸣禽伴好音。

曾游处，问何时携手，再续如今。

蝶恋花·立春午后抒怀

（2021 年 2 月 3 日）

莫道余寒侵日久，

却看东风，

暗断西风袖。

老树微微枝抖擞。

平湖渐渐冰消瘦。

别梦依稀回大有，

鹅燕纷飞，

争挽归人手。

又见亭台河畔柳。

烟生草醒情如旧。

辛丑元日

（2021 年 2 月 12 日）

庚子惊云肆意游，

山河寂寂黯凝眸。

春牛拨雾春蹄奋，

天地为栏振九州。

蝶恋花·清明寻旧

（2021 年 4 月 5 日）

又见海棠侵旧路，

正是清明，

老客重回顾。

碧叶琼枝香暗度。

胭脂点点蜂争赴。

满目缤纷谁约住？

占尽韶光，

转瞬花辞树。

莫怪落英无语去。

年年此地春归处。

中秋夜登八达岭长城望月怀远

（2021 年 9 月 21 日）

皎皎夜长城，

蜿蜒入梦萦。

重山千万里，

明月一乡情。

辛丑秋分随感

（2021 年 9 月 23 日）

莫惜秋分至，

须臾一岁增。

但听千万树，

蝉老亦兢兢。

观李大钊烈士陵园有感

（2021 年 10 月 26 日）

霜叶祭风流，英名贯九州。

文章高手著，道义铁肩求。

惟有伤亡国，何曾惧断头！

万安松柏下，千载照春秋。

辛丑立冬初雪

（2021 年 11 月 7 日）

玲珑白玉城，

残叶送秋声。

瑟瑟枝头鸟，

迎风向雪鸣。

步韵友人诗咏初雪

（2021 年 11 月 7 日）

玉屑眼离迷，丹枫化雪泥。
远山银鹤舞，琼树墨鸦啼。
冰锁寒江北，风堆人雁西。
缤纷俄顷去，云外待鸣鸡。

雪落深秋

（2021 年 11 月 8 日）

秋鸿一夜乘风去，
落叶销声雪掩城。
阶上千堆惆怅事，
且归泥土待春荣。